Deportes extremos

salto de BASE

MATT DOEDEN

BLACK RABBIT BOOKS

Bolt es una publicación de Black Rabbit Books
P.O. Box 227, Mankato, Minnesota, 56002
www.blackrabbitbooks.com

Alissa Thielges, editora; Michael Sellner,
diseñador del interior y investigación fotográfica

Información del catálogo de publicaciones de la biblioteca del congreso
Names: Doeden, Matt, author.
Title: Salto de BASE / Matt Doeden.
Other titles: BASE jumping. Spanish
Description: Mankato, Minnesota: Black Rabbit Books, 2024. |
Series: Deportes extremos | Includes index. | Audience: Ages 8-12 |
Audience: Grades 4-6
Identifiers: LCCN 2023016150 (print) | LCCN 2023016151 (ebook) |
ISBN 9781623109417 (library binding) | ISBN 9781623109493 (ebook)
Subjects: LCSH: BASE jumping--Juvenile literature.
Classification: LCC GV770.26 .D6418 2024 (print) | LCC GV770.26 (ebook) |
DDC 796.04/6—dc23/eng/20240410
LC record available at https://lccn.loc.gov/2023016150
LC ebook record available at https://lccn.loc.gov/2023016151

Impreso en China

Image Credits

Alamy: Cavan Images 13, Henry Westheim Photography 1, 9 (bl), Ilkka Uusitalo 9 (br), Oliver Furrer 4–5, 9 (tl); Dreamstime: Ambassador806 27 (pink), Helena Bilkova 18–19, Lawrence Weslowski Jr 9 (tr); Getty: Ascent Xmedia 32, AscentXmedia cover, Barry Philp 10 (b); Gothamist/Michael Sergio 10 (t); iStock: AscentXmedia 6, German-skydiver 21, 31 (b), Leontura 27 (blue), Pavel Naumov 26–27 (bridges), Soundhill 12; Modern Airsoft/Lancer Tactical 21 (t); Red Bull Media/Soul Flyers 24–25, Valery Rozov 23; Shutterstock: AnnaEvgeniiKomissarovy 26–27 (green), Michaelvbg 28, Robert Adrian Hillman 8, Salienko Evgenii 3, 14–15, 20, sogood_patrick 17 (inset); Wikimedia Commons 17 (main)

Contenidos

CAPÍTULO 1
Salto de fe. 4

CAPÍTULO 2
Cómo saltar. 8

CAPÍTULO 3
Habilidades y seguridad. .16

CAPÍTULO 4
Saltos sorprendentes. 22

Otros recursos. .30

CAPÍTULO 1

Salto de fe

Está parado en el borde de un enorme acantilado. Abajo se extiende un valle de río. Revisa su equipo por última vez. Todo está listo para el salto. Extiende los brazos y salto.

Aterrizaje rápido

Va aumentando la velocidad a medida que cae por el aire. El viento le azota la cara. El suelo debajo está más y más cerca. Jala un cordón. De su mochila se abre un **paracaídas**. Sus pies tocan el suelo y está a salvo. ¡Fue un salto BASE exitoso!

El italiano Fausto Veranzio construyó el primer paracaídas en 1617.

CAPÍTULO 2

Cómo SALTAR

El salto BASE es un deporte de acción. BASE son las siglas en inglés de edificios, **antenas**, **vanos** (como en los puentes) y tierra. Los saltadores de BASE saltan de estos puntos elevados. Usan paracaídas para aterrizar de forma segura.

Puntos de salto

ACANTILADO/FORMACIÓN ROCOSA

PUENTE ALTO

EDIFICIO ALTO

TORRE DE RADIO

Caída libre (salto BASE)

Paracaidismo

Un comienzo difícil

El salto BASE empezó en la década de 1970. El **paracaidismo** era popular. Pero los viajes en avión eran caros. Así que los deportistas usaban acantilados altos y otros edificios para saltar. Era menos costoso. Pero también era más peligroso.

Campanas y trajes

Los saltadores de BASE usan paracaídas con forma de arco llamados **campanas**. Estos paracaídas son fáciles de dirigir. Se manejan bien en espacios estrechos. Las campanas ayudan a los saltadores a bajar en zonas de aterrizaje pequeñas.

Algunos saltadores usan **trajes aéreos**. Estos trajes tienen tela que conecta los brazos, las piernas y el cuerpo. Con los trajes aéreos, los saltadores pueden planear durante mucho más tiempo en el aire. Los saltadores con traje aéreo siguen usando una campana para aterrizar.

KAVU
poc

PARTES DE UN PARACAÍDAS CAMPANA

DESLIZADOR
PILOTILLO
BANDAS

Habilidades y seguridad

El salto BASE requiere destreza. Los saltadores deben saber cómo lanzarse. Saltan lejos de cualquier objeto. Controlan su caída para apuntar hacia una zona de aterrizaje. Para hacer esto, necesitan tener un buen sentido del espacio y la distancia. Además, necesitan saber cuándo abrir el paracaídas y cómo aterrizar con suavidad.

El Capitán, en el Parque Nacional Yosemite, fue uno de los primeros lugares populares para practicar el salto BASE.

Prepararse para el peligro

El salto BASE es peligroso. Los saltadores pueden golpearse contra objetos, como rocas. Sus paracaídas pueden fallar. Algunos incluso mueren. Este deporte está **prohibido** en la mayoría de las ciudades. Los saltadores piensan todo el tiempo en la seguridad. No saltan si hay mal tiempo o vientos fuertes. Antes de cada salto, revisan minuciosamente su equipo.

Muertes por salto BASE por año

Equipo de seguridad

Quienes practican el salto BASE necesitan equipo de seguridad adicional. Los cascos protegen la cabeza. Las gafas protegen los ojos. Muchos paracaidistas tienen paracaídas de reserva. Pero los saltadores de BASE solo tienen uno. No tienen suficiente tiempo para abrir un paracaídas de reserva.

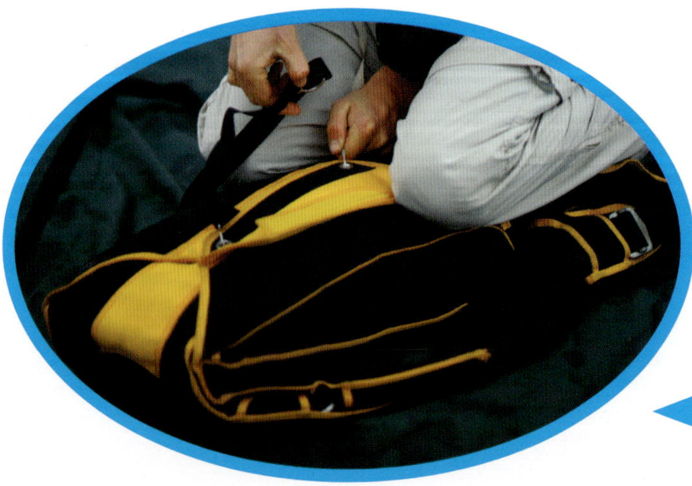

casco

gafas

• • paracaídas

CAPÍTULO 4

SALTOS sorprendentes

En caída libre no se trata de competir. Lo importante es la emoción. Pero algunos saltos se destacan entre los demás. En 2013, Valery Rozov saltó del monte Everest. ¡Es la montaña más alta del mundo!

En 2006, Daniel G. Schilling saltó 201 veces en 24 horas. Fue un récord mundial. Realizó todos sus saltos del puente Perrine en Idaho Falls, Idaho. ¡Fueron más de ocho saltos por hora!

Toma unos 10 segundos caer 1.000 pies (305 m).

SKYDIVE DUBAI
Red Bull

Saltos desde edificios

En 2014, un grupo de saltadores saltó de lo alto del Burj Khalifa, en Dubái. Es el edificio más alto del mundo, con 2.717 pies (828 m) de altura. Planearon en torno al edificio con trajes aéreos amarillo brillante. Portaban cámaras para capturar el viaje.

¿Qué tan alto?

Los paracaidistas suelen caer desde 10.000 pies (3.048 m) o más. ¿Qué tan altos son algunos lugares populares para practicar el salto BASE?

Salto Ángel
Venezuela
3.212 pies (979 m)

Burj Khalifa
Emiratos Árabes Unidos
2.717 pies (828 m)

Torre de Kuala Lumpur
Malasia
985 pies (300 m)

Puente del Barranco del Río Nuevo
Virginia Occidental, EE. UU.
876 pies (267 m)

Puente Perrine
Idaho, EE. UU.
486 pies (148 m)

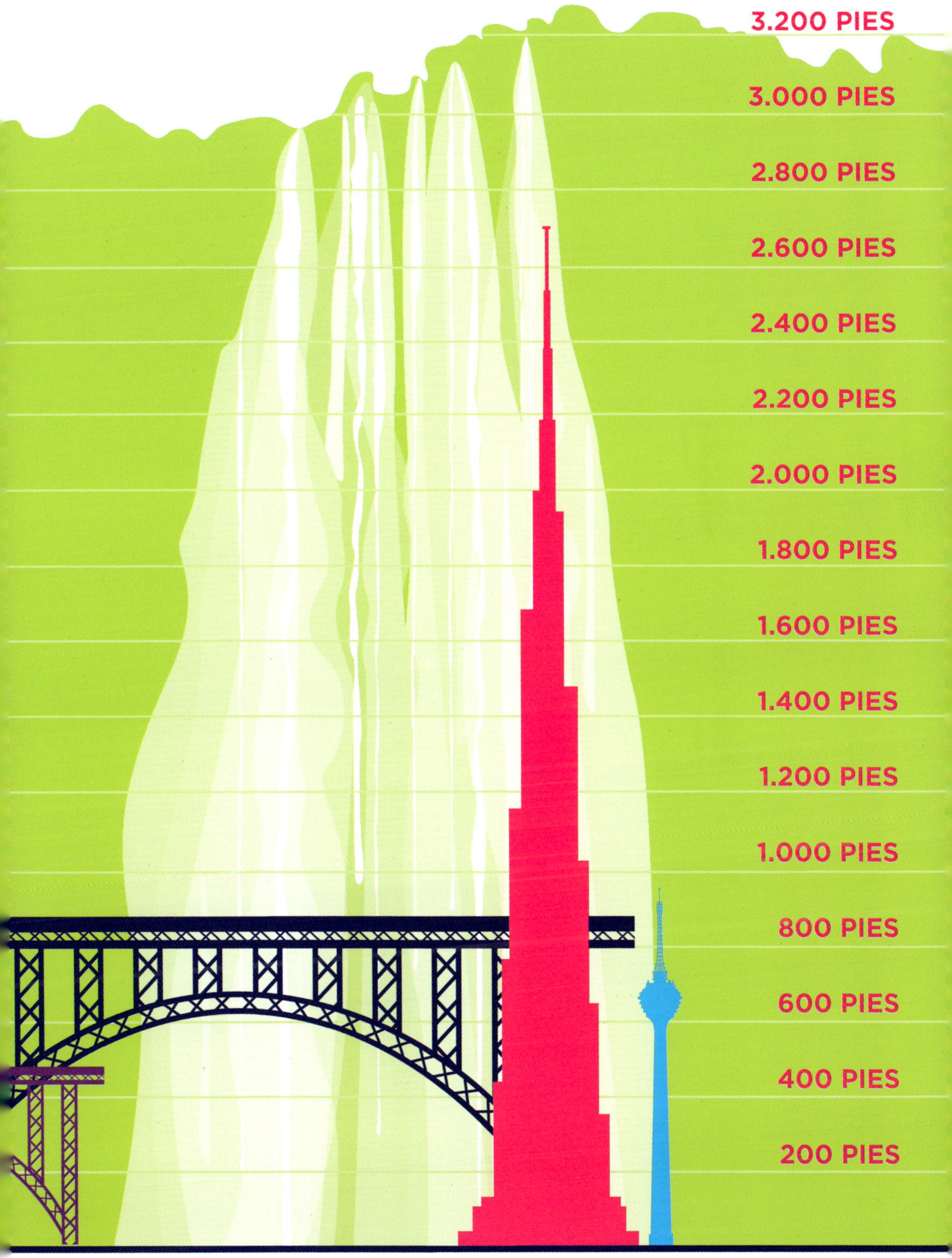
3.200 PIES
3.000 PIES
2.800 PIES
2.600 PIES
2.400 PIES
2.200 PIES
2.000 PIES
1.800 PIES
1.600 PIES
1.400 PIES
1.200 PIES
1.000 PIES
800 PIES
600 PIES
400 PIES
200 PIES

Un deporte peligroso

El salto BASE tal vez sea el deporte más peligroso del mundo. No es para todos. Incluso un pequeño error puede ser mortal. Los saltadores necesitan mucho entrenamiento. ¡Y necesitan mucho **valor**! Pero muchos creen que vale la pena arriesgarse. Es una emoción como ninguna otra en el mundo.

GLOSARIO

antena: varilla de metal para enviar y recibir señales de radio

campana: la parte de tela de un paracaídas

paracaidismo: el deporte de saltar desde un avion con un paracaídas

paracaídas: dispositivo que se expande para atrapar aire a fin de permitir a quien lo lleva puesto bajar flotando de forma segura desde gran altura

prohibir: no permitir por ley

traje aéreo: traje entero con pliegues de tela entre los brazos y las piernas que permite a quien lo lleva puesto planear por los aires por largas distancias

valor: la capacidad de hacer algo que sabes que es difícil o peligroso

vano: la distancia entre dos soportes de una estructura

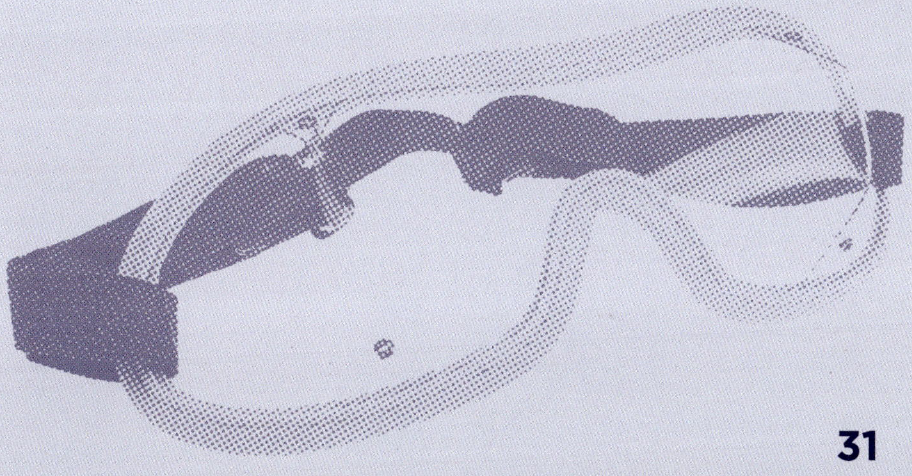

ÍNDICE

A

alturas, 8, 17, 25, 26–27

E

equipo de seguridad, 20–21

H

habilidades, 16

historia, 11

P

paracaidismo, 11, 20, 26

paracaídas, 7, 8, 12, 14–15, 16, 19, 20

peligros, 11, 19, 29

puntos de salto, 4, 8–9, 11, 22, 25

R

récords, 22, 25

Rozov, Valery, 22

S

Schilling, Daniel G., 22

T

trajes aéreos, 12, 25